Nur eine Träne

Zur Autorin:

Linde Selle wurde 1944 geboren, ist ausgebildete Werbegrafikerin und Bildhauerin, Mitglied in der Hamburgischen Künstlerschaft seit 1979. Ihre grafischen und plastischen Arbeiten wurden auf nationalen und internationalen Ausstellungen gezeigt.

Ihre literarischen Ambitionen sind dagegen eher verborgen geblieben, obgleich sie seit ihrem 20. Lebensjahr schreibt. Der vorliegende Lyrikband, illustriert mit eigenen Grafiken, ist ihre erste Veröffentlichung, die ursprünglich 1984 erschien. Inzwischen hat sie noch die Kinderbücher ‚Fred der Frosch' (2008) und ‚Marga und Herr Regenwurm' (2009) verfasst.

Dieses Buch ist ein »Druckbuch«. »Na klar«, wird jeder sagen, »wie soll man sonst ein Buch herstellen?“ Ich meine aber den Druck, den Menschen auf mich ausgeübt haben, die ich besonders schätze. Auf diese Weise möchte ich ihnen danken, weil sie mir den nötigen Stoß gegeben haben, meine Arbeiten aus den diversen verstaubten Ecken herauszusuchen.

Es ist diesen Menschen gewidmet: Meiner Mutter, Irma Finck, die mir fast schon penetrant immer wieder zugeredet hat. Mario Taepper, meinem Brieffreund. Meinem Mann, Dr. Gerhard Selle, der mir nie zugeredet hat, es aber sicher immer vorhatte. Mrs. Ruth Weyl, Mr. William W. Simpson, Dr. R. Conrad, Frau Dr. Ursula Beck.

Außerdem all den Menschen, die sich vielleicht, weil sie ähnliche Empfindungen haben, in diesem Buch wiederfinden und feststellen, dass man Gefühle offen zeigen darf.

Nur eine Träne

Linde Selle

Bibliografische Information Der Deutschen Bibliothek:
Die Deutsche Bibliothek verzeichnet diese Publikation in der Deutschen Nationalbibliographie; detaillierte bibliografische Daten sind im Internet über <http://dnb.ddb.de> abrufbar.

Originalausgabe erschienen 1984 im Soldi Verlag, Hamburg

Neue, überarbeitete Auflage

Text und Graphiken: Linde Selle
Layout und Gestaltung: Linde Selle,
Chris von Gagern (www.art-transfer.net)
Herstellung und Verlag: Books on Demand GmbH, Norderstedt
ISBN: 978-3-8391-1816-0

Vorwort

Immer wieder stelle ich fest, dass Menschen, wenn auch in unterschiedlichen Lebenssituationen und unter Berücksichtigung, dass kein Mensch dem anderen gleicht, dennoch gleiche Probleme, Sorgen und Nöte haben. Nur halten sie diese oft mit großer Anstrengung zurück.

Da ich mit einer erschreckenden Offenheit belastet bin und zu den Menschen gezählt werde, die ihr Herz auf der Zunge tragen, habe ich nicht die geringsten Sorgen, Dinge mitzuteilen, über die mancher die Nase rümpft. Weshalb ich mich nun in dieser Form mitteilen möchte, ist einfach zu erklären: Die Menschen, die mich kennen, hören mir einfach nicht zu, oder hören eben nur zu, weil meine Art zu berichten sie amüsiert. Ich habe aber den Eindruck, dass der Inhalt meiner Erzählungen und Bilder, lässt man mal den »komischen« Teil weg, den meisten Zuhörern und Betrachtern zu anstrengend ist. Mit diesen »privaten Eckchen« geht man nicht hausieren. Es könnte nämlich sein, dass man damit seine Schwächen deutlich macht, und das könnte dann ausgenutzt werden. Genau davor haben die meisten Menschen eine unbeschreibliche Angst.

Warum kommt so wenigen die Idee, dass es ihnen auch helfen könnte? Gott hat uns einen Mund gegeben und die Fähigkeit sich zu äußern. Wir sollen sie nutzen. Auch die weniger komischen Empfindungen brauchen ein Ventil. Nicht, weil man sich besonders interessant findet, oder weil unser Leben vergleichbar ist mit dem eines Menschen, der in der Öffentlichkeit steht. Das Leben eines jeden Menschen hat soviel zu bieten, dass andere davon auch profitieren sollten. Viele tun es, noch viel mehr tun es nicht.

Diese sind für mich bedauernswerte, anteilnahmslose Geschöpfe, die kurz vor ihrem Ende sagen können: »Ich habe soundso viele Jahre gelebt!« Sie haben nicht mehr aus ihrem Leben herausbekommen, als alljährlich ihren Geburtstag zu feiern, für den sie nicht einmal etwas können. Feiern? Wieso eigentlich? Sie haben doch nur ihr Leben verschwendet, indem sie mit geschlossenen Augen automatisch einen Fuß vor den anderen gesetzt haben. Wahrscheinlich glauben diese Menschen an ein zweites Leben, in dem sie dann alles ganz anders machen wollen, und damit trösten sie sich über die Zeit ihres Daseins hinweg. Leider ist es so gut wie erwiesen, dass wir nur dieses eine Leben haben. Ich glaube jedenfalls daran und will es nicht brach liegenlassen. Wir existieren jetzt und andere Menschen mit uns.

Blumen, Bäume, Landschaften, Gemälde, Tiere, Musik und vieles, was auf unserer Welt sonst noch vorhanden ist, begeistert mich sehr. Ich könnte aber niemals für diese Dinge ein so großes Interesse entwickeln wie für den Menschen, sein Aussehen, seine Reaktionen und Gefühle. Dabei bevorzuge ich nicht eine besondere Gruppe Mensch. Nur den Menschen! Sei er nun hässlich oder schön, dick oder dünn, krank oder gesund, intelligent oder dumm, Kind oder Greis. Jeder kann uns doch etwas bieten, wenn wir nur die Bereitschaft zeigen, uns mit ihm zu beschäftigen. Zuerst einmal ist es aber wichtig, sich selbst anderen Menschen gegenüber zu öffnen. Viele verlieren dadurch ihre Scheu, ihre oft unberechtigte Bescheidenheit oder Zurückhaltung zu überwinden.

Dieses Buch soll anderen den Ansporn geben, ihre Talente, auch versteckte, zu fördern.

Sept. 1984

Bemerkung zur Neuauflage

Nachdem inzwischen andere Veröffentlichungen gefolgt sind, ist mir mein vergriffenes Erstlingswerk in die Hand gefallen, und eine gewisse Nachfrage von Freunden und Bekannten hat mich bewogen, es zu überarbeiten und ein Viertel Jahrhundert später wieder aufzulegen.

Das ursprünglich quadratische Format hat sich zu einem Hochformat gewandelt. Die Illustrationen sind geblieben, mussten aber in Größe dem neuen Format angepasst werden. Nur auf S. 75 wurde eine gegen eine neue ausgetauscht. Einige ursprünglich farbig angelegte wurden, den heutigen Möglichkeiten entsprechend, auch in Farbe reproduziert.

Die Texte wurden im Wesentlichen nur der reformierten Orthographie angepasst, doch einzelne wurden auch ersetzt (S. 39, 70 & 112) oder hinzugefügt (S. 32, 38, 44, 54, 58, 60, 70, 74, 82).

Selbstgespräche

JS.84

Der Specht

Da ist ein dicker, fetter Baum,
denkt hochbeglückt
der alte Specht im Frühjahrstraum:
Mit Futter ist der reich bestückt.

Er läuft den Stamm hinauf und runter,
sondiert die Futterquellen mit Bedacht,
worauf er plötzlich ziemlich munter
sich kräftig eins ins Krällchen lacht.

Würmer, Maden, Spinnen, Puppen!
Alles, was sein Herz begehrt.
Ein Wurm, der zeigt ein letztes Zucken
in Hoffnung, er wird nicht verzehrt.

Er hackt und pickt und klopft geschickt,
bis er sein Ziel erreicht.
Am Ende ist er vollgestopft,
worauf er sich von dannen schleicht.

Ein Tag im Oktober

Die Wolken hängen prall am Himmel,
als wollten sie jede Sekunde platzen
und alles Leben überfluten.
Grau, schwer und bedrohlich sehen sie aus!

Die Bäume kämpfen um jedes Blatt,
das sie nicht verlieren wollen.
Sie tarnen sich in den schönsten Farben.
So leuchtend rot, orange und gold
als wollten sie sagen:
„Schaut mich an, noch ein letztes Mal!“

Der Wind überrascht uns mit aller Kraft.
Mal unerwartet und geräuschvoll,
mal nur ganz sanft lässt er die Blätter tanzen,
um gleich wieder in gewaltigen Sturm umzuschlagen.

Ich möchte schnell noch alles Leben
nur einmal mit meinem Atem berühren,
aber der Regen wird ihn wegwaschen,
die Bäume ihn mit Blättern zudecken,
und der Sturm ihn forttragen – irgendwohin!

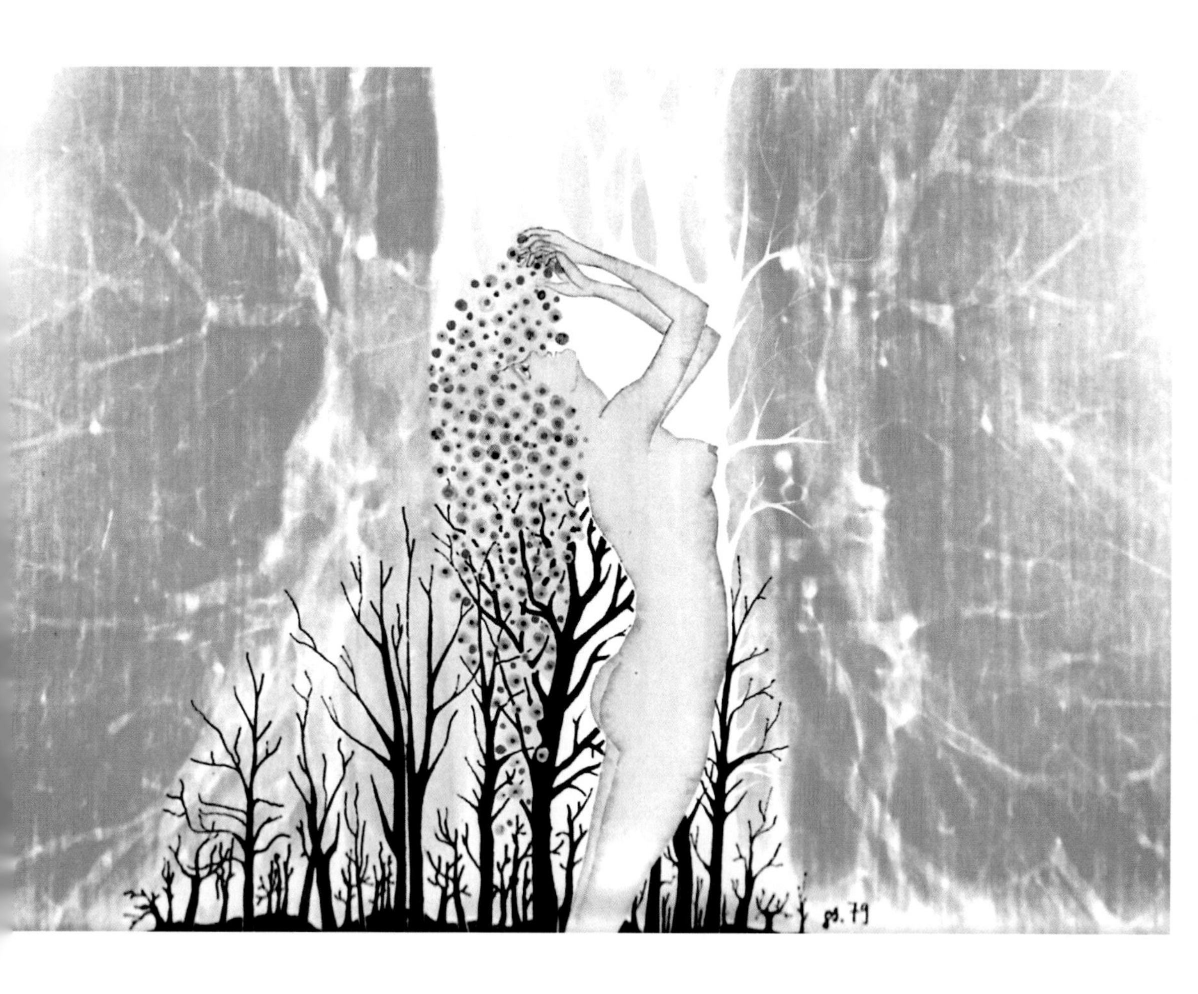

Mein Traumhaus steht in einem Baum,
damit ich immer und zu jeder Zeit
versteckt die Übersicht behalte.
Wenn jemand kommt,
den ich nicht mag,
ziehe ich die Leiter ein.
Der Vogel, der auf meiner Schulter sitzt,
macht auf Befehl einen großen Klack
direkt vor dessen Füße!

Die Kuh

Die Kuh hat Hörner und schwarze Flecken,
irgendwo auch einen Euter und Fliegen.
Sie steht im Dreck, stinkt, man kann sie necken,
und ist selbst dumm, wenn sie versucht den Schwanz zu biegen.
Sie frisst, kaut wieder,
gibt Milch und lebt ihr armes Leben,
solange bis Fliegen nicht mehr fliegen,
Dreck nicht mehr stinkt,
und wir sie nicht mehr necken.
Arme Kuh, du hast ein Hundeleben!

Gedanken des Schönen

Wenn mir die Zeit zu lange wird,
dann suche ich Gedanken des Schönen.
Ich finde sie und setze Stein für Stein
zu einem Bild zusammen.
Dieses Bild, das ich dann sehe,
kein Künstler würde wagen, es sein Werk zu nennen.
Denn diese Vielfalt der Formen und der Farben
gibt es nur in Gedanken aus Erlebtem
und Hoffnung auf Weiterleben.

Wunder

Gibt es Wunder, frag ich mich
Wunder gibt es, sicherlich.
Schau dir doch die Welt mal an,
Wunder, Wunder, Wunder.

Hunde jaulen, Engel singen,
Blumen sprießen, Glocken klingen.
Schau dir doch die Welt mal an,
Wunder, Wunder, Wunder.

Menschen sterben, Seelen leben,
Wellen rauschen, Länder beben.
Schau dir doch die Welt mal an,
Wunder, Wunder, Wunder.

Kriege kommen, gehen wieder,
Vögel singen ihre Lieder.
Schau dir doch die Welt mal an,
Wunder, Wunder, Wunder.

Gibt es Wunder, frag ich mich
Wunder gibt es, sicherlich.
Schau dir doch die Welt mal an,
Wunder, Wunder, Wunder.

Eingeregnet

Ich habe genug gelebt,
es war wie der ständige Wechsel
des Wetters im April:
mal Sonne, mal Regen,
aber doch gerecht verteilt.
In den letzten Jahren
nahm der Regen zu
und die Sonne zeigte sich kaum!
Ich will nicht warten,
bis es nur noch regnet.

Das Wachsfigurenkabinett der Wahrheit

Ob lang, ob kurz, ob dünn, ob dick,
nur Busen soll sie haben –
denn darauf richtet er den Blick,
um sich daran zu laben!

Sein Auge wandert langsam weiter
hinab bis auf die Waden:
»Auch nicht übel«, denkt er heiter
genau vor dem Gemüseladen.

Dort steht er mit verrenktem Nacken,
hat nun im Blick den strammen Hintern,
möchte ihn am liebsten packen
und darin überwintern!

lang, ob kurz, ob dumm, ob dick,
Busen soll sie haben —
darauf richtet er den Blick,
ch daran zu laben!
Sein Auge wandert langsam weiter
hinab bis auf die Waden.
„Auch nicht übel," denkt er heiter
genau vor dem Gemüseladen.
Dort steht er mit verrenktem Nacken,
hat nun im Blick den strammen Hintern,
möchte ihn am liebsten packen
und darin überwintern.
AS WACHSFIGURENKABINETT DER WAHRHEIT
16.5.83

Sehnsucht

Du suchtest das Paradies – für dich allein!
Auf dem Wege dorthin hast du alles zertrampelt,
was Leben, Liebe und Gefühle barg.
Du hast einen Menschen verraten, ihn zur Seite gestoßen.
Sogar das Letzte, was er besaß und liebte,
hast du ihm weggerissen und zerstört:
einen durchsichtigen Schleier aus Empfindungen und Gefühlen,
durchzogen mit glitzernden Fäden der Liebe.
Als du endlich ankamst, war das Paradies geschlossen.
Der Weg zurück führte dich durch eine tote Landschaft.
Öde, verlassen, zerstört und traurig sah sie aus.
Vorbei an Ruinen mit Mauerresten aus Empfindungen und Glück.
Du wolltest die Scherben zusammensuchen
und eine neue heile Welt aufbauen.
Doch ein Tränenschauer aus dunklen Wolken von Schmerz
hatte alle Scherben fortgeschwemmt.
Du suchst Liebe, Gefühle und den Sinn deines Lebens.
Du bist verzweifelt, allein und verlassen.
Ein eisiger Wind hat seine Spuren hinterlassen,
und alles Leben in einen Mantel von Raureif und Frost gehüllt.
Aber Leben und Liebe können nicht im zarten Grün neu wachsen,
wie alljährlich die Blätter und Blumen im Frühling sprießen.
Du musst leben mit dem, was noch geblieben ist:
Trauer, Ratlosigkeit, Leere und Angst
ist nur noch dein stolzer Besitz.
Wenn du dennoch unerwartet auf Liebe stoßen solltest,
behandele sie behutsamer und besser als dich selbst,
sie könnte dir die Tür zum Paradies leicht öffnen.

Der alte Stuhl

Der alte Stuhl lebt viele Jahre schon,
er wurde gehegt und gepflegt –
schlicht gesagt, er war kein normaler Stuhl, er war ein Thron.

Es haben viele Menschen drin gesessen und genossen.
Der alte Stuhl hat viel erlebt –
duftende Spitzenhosen, die einen hübschen Po umschlossen.

Doch das übersah er diskret.
Wenn man aus dem Hause Biedermeier stammt,
ist es besser, dass solch ein Gedanke sofort wieder geht.

Nun steht er draußen in Regen und Wind.
Sein Tag ist gekommen.
Auf ihm sitzt nun ein Pappkarton und ein schmutziges Kind.

Regenwurm

Es war einmal ein Regenwurm,
der lief so auf den Wegen rum.
Er dachte sich, es wär ganz nett,
wenn er ne Regenwürmin hätt'.
Nach etwa einer Meile dann,
merkt er, dass er nicht weiter kann.
Er macht sich aber noch mal krumm
und schaut sich schlaff nach hinten um.
Darauf erfolgt ein Jubelsturm:
Gleich hinter ihm ein andrer Wurm!
Und ohne hier noch lang zu fackeln
beginnt er liebestoll zu wackeln.
Und da es bei ihm richtig funkt,
kommt er dann auch zum Höhepunkt.
Doch stellt er fest beim Wurm entwirren,
im Liebesrausch kann man sich irren:
Er war ganz blind, weil doch so geil,
so bumste er sein Hinterteil!

gs. 81

An eine Tochter

Wir wollen dir helfen –
so nimm das Leben,
wie es eben kommt.
Was wir dir mitgeben,
ist eine unsortierte Spielzeugkiste
voller Freude, Leid und Schmerz.
Bringe Ordnung hinein
und sortiere die grauen Teile aus.
Füge die verbleibenden
wie ein Puzzle zusammen.
Dies ist alles,
was wir dir geben können.
Suche deinen Weg –
ihn zu finden,
wird dir nicht leichter fallen als uns.
Behalte uns in guter Erinnerung,
wir haben unser Bestes gegeben.

16.5.73

Von den Tränen des Eisvogels

Eines Tages streckte ich meine Hand aus.
Da flog ein Eisvogel herbei.
Zerzaust und tränennass war sein Gefieder.
Er wohnt in meiner Hand, und ich will seine Tränen trocknen,
behutsam will ich seine Federn glätten.
Wenn er dann wieder singt, werde ich froh sein.
Ich will ihn nicht in einen Käfig sperren,
doch hoffe ich, dass er bleibt.
Fliegt er aber fort, will ich sagen:
Auf Wiedersehen, Eisvogel! Sei glücklich.
Und sind deine Federn wieder einmal zerzaust und tränennass,
komm zurück und wohne in meiner Hand.
Vielleicht aber bleibt der Eisvogel bei mir
und zeigt mir die Wunder der Welt.
Sein Platz wird in meinem Herzen sein,
und sein Lied zieht durch meine Gedanken.

Im Winter habe ich immer Muße,
über mich und andre zu sinnieren.
Dann tu ich regelmäßig Buße,
auch um mich selbst zu korrigieren.

Mein Lebensmotto ist ganz klar:
begegne allen Menschern ehrlich.
Für viele ist das schonungslos
und meistens auch für mich gefährlich.

Der Wahrheit ins Gesicht zu sehn,
ist auch für einen selbst sehr schwer
und außerdem sehr unbequem,
denn Einsicht schmerzt nun einmal sehr.

Doch hält man dieses einfach aus,
dann liegt man meistens richtig –
Glaubwürdigkeit kommt dabei raus,
und die allein ist wichtig.

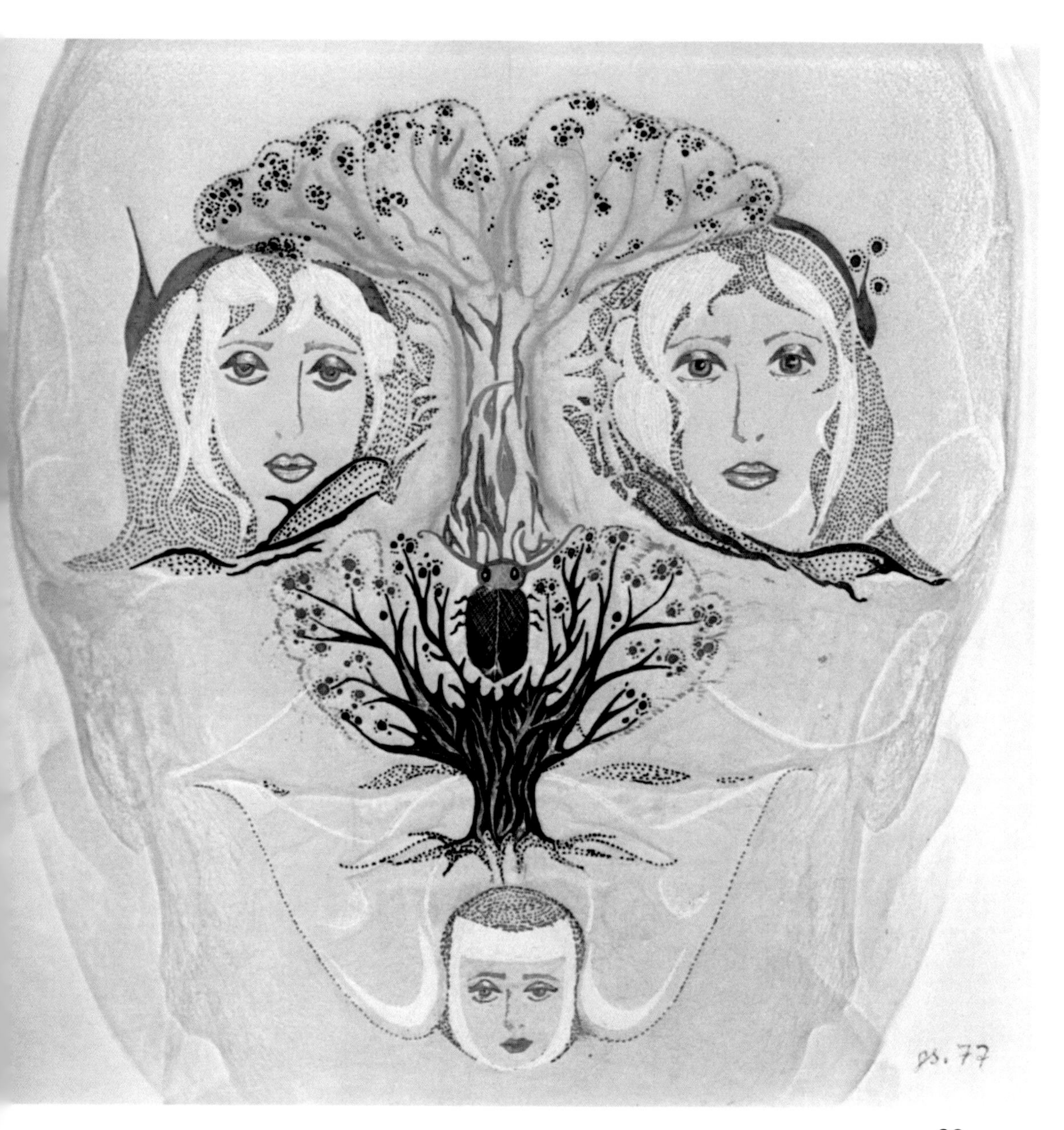

Gnilliwz der Wurzelgeist:

Tritt nur paarweise auf,

lebt unter und von Wurzeln toter Bäume.

Ist lieb, aber etwas übermütig, lacht immer!

Ednil, der Weidengeist:
Macht pfeifende Geräusche
und liebt den Wind von Osten.
Dann trägt sein Pfeifen weiter
und klingt etwas unheimlicher.
Ansonsten gutmütig.

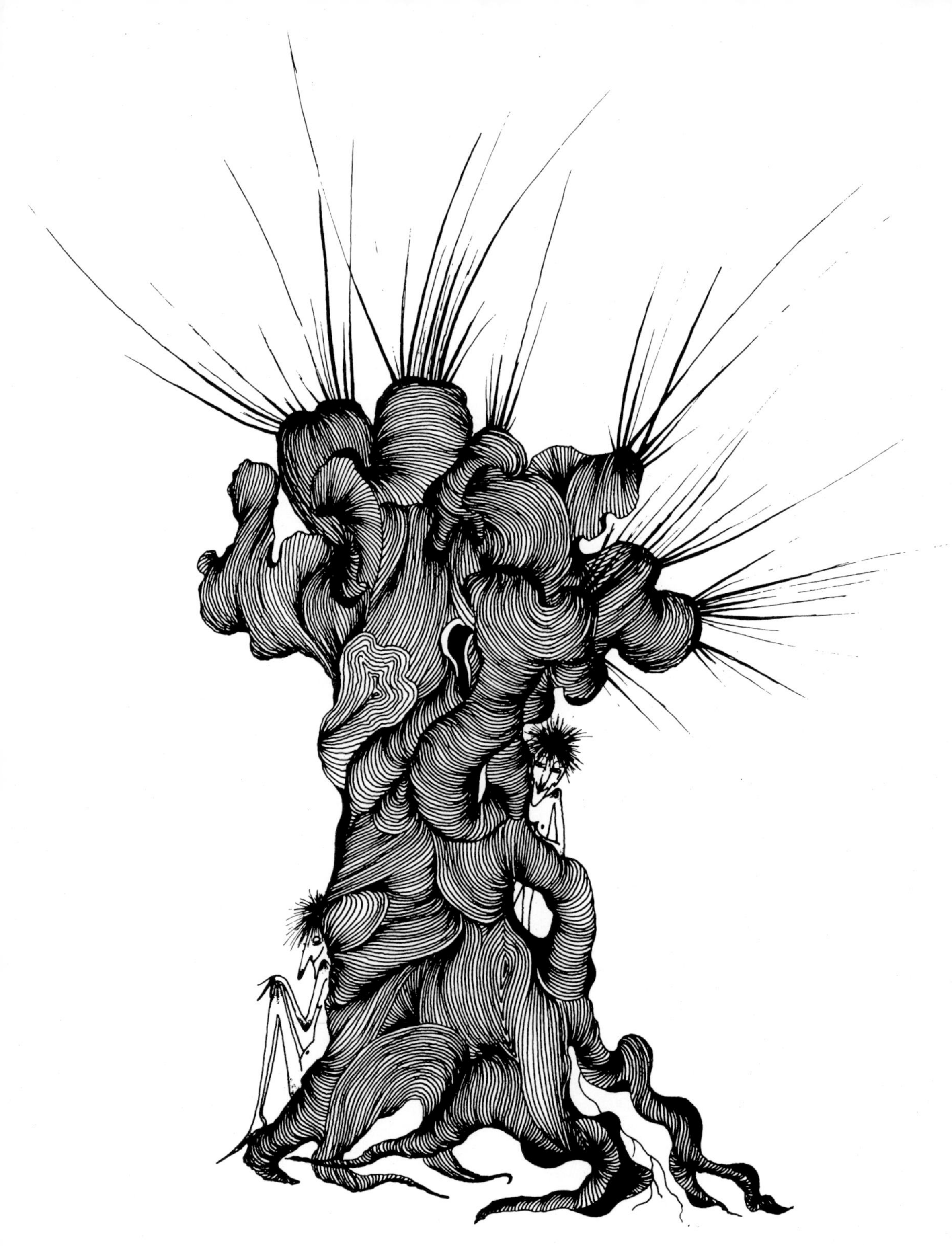

Der Waldgeist lebt unter Bäumen und macht
durch knackende Geräusche auf sich aufmerksam.
Damit will er Menschen, die den Wald nicht gut behandeln,
erschrecken und vertreiben.

Das Leben

Ich atme die Luft des Lebens,
das Land der Liebe ist fern,
den Wald des Lächelns habe ich verlassen
und komme ans Wasser der Vergangenheit,
mit dem ich das Feuer der Freude lösche.
Über mir der Himmel der Glückseligkeit
mit weißen Wolken der Wahrheit.
Unter mir die Straße des Glücks,
gebaut aus steinernen Herzen.
Am Wegesrand die Blume der Hoffnung,
und die Bäume der Jahre verneigen sich.

ps. 9. 1981

Das Nichts

Die Welt ist verlassen,
scheint sich nicht mehr zu drehen.
Vor mir öffnet sich
ein grenzenloses, dunkles Loch.
Ich habe Angst,
schreie um Hilfe,
aber ich bin verlassen,
allein und friere.
Nur meine Tränenbäche
wärmen die blutleeren Wangen.
Ich stehe vor dem Nichts,
aber ich wusste nicht,
dass es dort so kalt ist.
Ich kann mich nicht mehr halten,
falle und falle.
Mir wird wohlig warm.
Es ist, als schwebte ich
auf Wolken aus Daunen.
Hoffentlich ist es wirklich das Nichts,
so kann ich schweben,
grenzenlos und immer weiter.

Er liebt mich?

Er liebt mich,
er liebt mich nicht,
er liebt mich,
er liebt mich nicht,
er liebt ...

Es blühen genügend Blumen,
um ein ganzes, langes Leben
die Blütenblätter abzuzupfen.
Beim letzten Blättchen heißt es:
Er liebt mich nicht!

Hätte ich doch nur andersherum begonnen.

Und ehrlich will ich immer sein

Ein liebes Herz hat aufgehört zu schlagen.
Ich hab' mein »Schwarzes« angezogen,
man muss ja außen Trauer tragen!
Du hast mich auch ganz gern betrogen!

Willst du mir etwas Freude lassen,
so such ich Dir das schönste Grab,
und plünd're dann die Sterbekassen,
damit ich auch was davon hab'!

Ich werde Dich auf Rosen betten.
Nichts soll mir zu teuer sein –
wenn wir doch nur schon Frühling hätten,
reichten vielleicht Stiefmütterlein!

Nimm mir doch nicht die Zukunftsträume
und bleibe wo Du bist.
Ich pflanze Dir auch Lebensbäume,
die wachsen dann auf Deinem Mist!

Ich glaube nicht ans zweite Leben –
in meiner Seele wohnt das Glück!
Und will ich grad' den Becher heben,
kommst Du bestimmt nochmal zurück!

Ein liebes Herz hat aufgehört zu schlagen.
Ich hab mein „Schwarzes" angezogen.
Man muß ja außen Trauer tragen!
Du hast mich auch ganz schön betrogen!

Willst Du mir etwas Freude lassen,
so such ich Dir das schönste Grab.
Und plündre auch die Sterbekassen,
damit ich auch was davon hab!

Ich werde Dich auf Rosen betten,
nichts soll mir zu teuer sein —
Wenn wir doch nur schon Frühling hätten
Reichten vielleicht Stiefmütterchen"

Komm nur doch nicht die Zukunftsträume
Und bleibe wo Du bist,
Ich pflanze Dir auch Lebensbäume
Die wachsen dann auf deinem Mist.

Ich glaube nicht ans zweite Leben -
In meiner Seele wohnt das Glück.
Und will ich grad den Becher heben,
kommst Du bestimmt nochmal zurück!

Vogelfrei

Meine Mutter war ein ruhiges, diszipliniertes, geordnetes Einzelkind mit viel Humor, dafür umso weniger eine Mutter oder Oma zum Anfassen, immer im Hintergrund.

Mein Vater war ein fleißiger, engagierter, konservativer Arzt und Selbstgänger, der in einer Familienscheinwelt lebte. Er hatte für seine Patienten und seine Silbersammlung mehr Zeit und Verständnis als für uns.

Beide hatten wohl zusammen nur vier Mal Sex, daher vier Kinder (oder waren es nur drei Mal? Was meine Entstehung betrifft, ist angeblich mal ein Italiener durch die Familie gehüpft).

Meine Schwester lebt mit Lebenslügen. Eine ist, sie habe das Abitur. Sie hat es nicht, nicht mal einen regulären Schulabschluss! Ihre Familie wusste das nicht. Aber nun! Das Geld, das man erfolglos für ihr Internat ausgab, wurde bei uns eingespart. Aber ich war stolz wie Bolle auf ihre abgelegten Internatsklamotten.

Mein einer Bruder wurde Abenteurer und flog deshalb zu Hause raus. Aber Familie war ihm sowieso nie wichtig. Er tauchte nach Jahren wieder auf, mischte sich ein, mobbte mich raus, kann und weiß alles besser, der Flegel.

Mein anderer Bruder lebte bis zu seinem 55. Lebensjahr im Elternhaus. Er schließt im Knast Türen auf und zu, schwärzt Falschparker an und ist ein Messi. Wie es sich für einen Beamten gehört, sitzt er alles aus, und das kann dauern! Er war mein ‚Ziehkind' und lag mir trotz seiner Verschrobenheit immer am Herzen.

Ich selbst sei ‚geisteskrank', wie meine Schwester behauptet. Sicher, weil ich schonungslos offen und sehr direkt bin und mich vehement für Schwächere einsetze. Zu unbequem für oberflächlich denkende Menschen. Also war ich ein Störenfried, wurde entsorgt und bin daher nun vogelfrei.

Macht nichts, ich habe ja Mann und Töchter, die mehr oder weniger mit mir klarkommen. Aber mehr, wenn sie mich brauchen. Dann bin ich auch sofort da.

Meine Geschwister haben sich heimlich schon mindestens hundert Mal über mich totgelacht, aber alle leben noch. – Schön, dass ich so belustigend wirke!

Wann wird man Mensch

Ein Leben,
eine kurze Zeit, um den Menschen zum Menschen zu machen.
Glück, Trauer, Freude, und das Paradies, an das er glaubt!

Die Zeit geht schnell, sie lässt ihn weinen und lachen;
dann irgendwann der Tag, der ihm die letzte Freiheit raubt.

Wann wird man Mensch, wer kann es sagen?
Wenn er doch schnell noch eine Antwort fände.

Der Tod kommt zu früh, doch die Antwort wird er wagen –
er weiß, er war Mensch, ganz kurz vor seinem Ende!

gs. Oktober 1981

Ich fand, ich hatte mal das Recht,
dabei ging es mir gar nicht schlecht,
mal ganz so ohne alle Pflichten,
mich nur noch nach mir selbst zu richten.
Hinzu kam noch die dunkle Zeit,
ab Herbst macht sie sich bei uns breit.
Die Menschen leiden mächtig drunter,
auch ich bin nicht mehr richtig munter.
Die Seele hängt ganz lang herunter,
zög man daran, fiele sie runter,
wie bei 'ner alten Jalousie –
obwohl probiert, es klappte nie.
Man fing natürlich an zu toben,
doch ging sie einfach nicht nach oben.
Man zerrt und reißt und zieht an ihr,
fast schon wie ein wildes Tier –
dann plötzlich hat man in der Hand
nur von der Jalousie das Band.
Nun reicht 's, man kann und will nicht mehr,
und Krach, kommt alles hinterher.
Samt Dübel, Mauerwerk und Stange
versuch ich noch, ob ich sie fange,
verlier dabei das Gleichgewicht
und falle aber leider nicht
sehr elegant auf meinen Po
obwohl, das wäre sowieso

nun auch egal gewesen,
fiel rittlings auf 'nen Stubenbesen,
der sich plötzlich dann bewegt
und mit mir aus dem Fenster fegt.
Die Landung war auf Ibiza,
da leb ich nun ein halbes Jahr
von Oktober bis zum Mai.
Wer kann, schaut mal bei mir vorbei.
Hier gibt es Licht im Überfluss,
für Hängeseelen ein Genuss.
Damit ich 's auch zu Hause hab,
nehm ich die Jalousien ab.

Nach Stiefmütterchen im Frühlingslicht
sehnt sich so manches Menschenkind.
Nach Schwiegermütterchen leider nicht,
weil sie viel unbeliebter sind.
Doch trügt der Schein, sie seien alle,
wenn auch zart und sozusagen,
immer und in jedem Falle,
nur im Frühjahr zu ertragen.

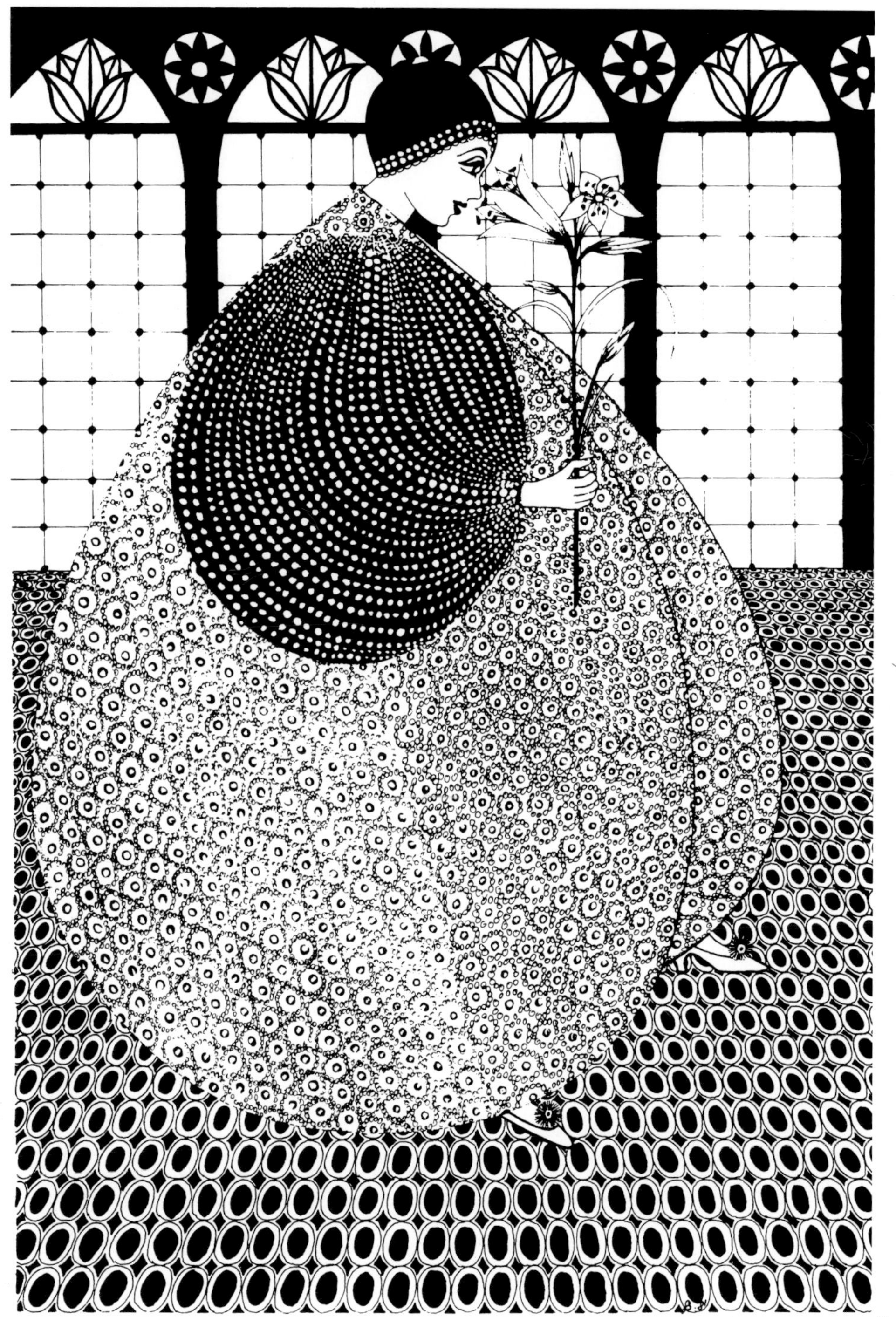

Ich weiß, dass sie nur 4 Beine hat,
aber es sieht einfach besser aus!

Wahre Liebe

Ich weiß genau,
ich habe wahre Liebe nie erlebt.
Es ist ein Traum auf einem fernen Wolkenschiff.
Menschen glauben, sie seien Götter
und könnten Phantasie zur Wahrheit werden lassen,
doch dieser Trugschluss bringt Hass und Unzufriedenheit.

Auf der Suche

Ich suche immer noch
nach etwas,
das ich nie bekomme.
Ich habe es gehabt
und habe nicht erkannt,
wie schön es war.
Hatte ich Tränen
in den Augen –
oder war ich blind ?
Wenn ich blind war,
werde ich es immer sein.

Kommst du bitte mit mir mit,
denn ich möcht' dir etwas geben:
Es ist für dich vielleicht ein Schritt
in ein neues, schönes Leben.

Lass es doch einfach einmal zu,
das du und ich auf Reisen gehn.
Vielleicht kommst du ja dann zur Ruh,
kannst glücklich in die Zukunft sehn.

Vermeide diesen tiefen Sturz
in Gefühlen zu ertrinken.
Das Leben ist doch viel zu kurz
um in Trauer zu versinken.

Wir sitzen unterm Apfelbaum
im warmen Abendsonnenlicht
und träumen einfach einen Traum,
der dir nicht das Herz zerbricht

Diese Traumreise zu zweit
machen wir nur in Gedanken –
mit Phantasie sind wir bereit
schöne Gefühle aufzutanken.

Wir sitzen irgendwo am Strand,
und schauen auf das weite Meer.
Die weiße Muschel in der Hand
gibst du wohl niemals wieder her.

Deine Fußspur dort im Sand,
ist tief und schwer von deinem Leid.
Hoffentlich hast du erkannt,
sie ist aus der Vergangenheit.

Eine Welle hat sie fortgespült,
die Fußspur ist dann nicht mehr da,
und du hast sicherlich erfühlt,
wie kurz doch die Vergangenheit war.

Geh weiter, mach eine neue Spur.
In der Zukunft liegt das Glück!
Denn hinter dir, da siehst du nur,
nassen Sand beim Blick zurück!

Spurlos ist die Vergangenheit
irgendwo zurückgeblieben.
Weggespült das ganze Leid
und einfach fortgetrieben.

Du nimmst die Muschel an dein Ohr
und hörst das Meeresrauschen.
Dabei stellst du dir dann vor,
du kannst die Zukunft noch mal tauschen.

In dem Moment verzichtest du
neue Gelassenheit anzustreben.
Der alte Schmerz, der setzt dir zu,
du schleppst ihn weiter durch dein Leben.

Dein Gefühl ist eingefroren,
wie versteinert auch dein Herz.
Du fühlst dich sogar auserkoren:
nur ich allein trag allen Schmerz!

Die Vergangenheit, sie ist vorbei
und darf dich jetzt nicht mehr begleiten.
Mach dich von den Gedanken frei,
die dir nur großen Schmerz bereiten.

Also tausch sie schnell zurück,
mach dich für die Zukunft frei
und habe immer nur im Blick:
die Vergangenheit, sie ist vorbei!

Das alte Leben ist verschwunden,
mit einer Welle fort geschwommen.
Ganz langsam schließen sich die Wunden,
die Schmerzen sind dir dann genommen.

Nun gehst du weiter an dem Strand
immer der Zukunft nur entgegen,
spürst an den Füßen warmen Sand
und wehrst dich nicht dagegen.

Du beginnst sogar zu spüren,
wofür die Sinne dir gegeben.
Ganz langsam öffnen sich die Türen,
um sie wieder zu erleben.

Du entdeckst alte Gefühle,
die total verschüttet waren:
mit einer angenehmen Kühle
spielt der Wind in deinen Haaren.

Nun hältst du eine Weile inne
und greifst zaghaft in den Sand.
Da sind sie deine alten Sinne:
Du fühlst den Sand in deiner Hand.

Du lässt ihn durch die Finger gleiten,
langsam rieselt er aus deiner Hand.
Und ein Gefühl wird dich begleiten,
es war dir zuletzt fast unbekannt.

Jetzt schaust du über das blaue Meer
und spürst die Sonne auf dem Rücken.
Ganz plötzlich fühlst du sogar sehr,
wie dich die Sinne neu beglücken.

Salz sammelt sich auf deiner Haut –
vom Meer durch Wind zu dir getragen.
Mühsam hast du Gefühle abgebaut,
sie neu zu fühlen musst du wagen.

Auf deinen Lippen wirst du' s schmecken,
zart hat es sich auf sie gelegt.
Es mit der Zunge abzulecken,
hat noch mehr Sinne angeregt.

All deine Sinne sind zurückgekehrt.
Du kanntest sie ja gar nicht mehr.
Was hat dich diese Erfahrung gelehrt?
Niemals gibst du sie wieder her!

Alles, was zugeschüttet war,
aus Verletztheit und auch Trauer,
ist nun endlich wieder da
und bleibt bei dir auf Dauer.

Wir verlassen jetzt den Traum,
du bist gestärkt durch diese Reise.
Und über uns im Apfelbaum
singt ein Vöglein seine Weise.

Die Bank steht unterm Apfelbaum
und lädt uns ein zu einem Traum.

Wir zwei unten auf der Banke,
ich eher dick und du die Schlanke,
träumen versunken vor uns hin,
von Liebe, Leben und dem Sinn.
Dann werden wir von oben nass,
der Vogel nämlich scheißt uns was.
Vorbei ist dieser schöne Traum
im Abendlicht unter dem Apfelbaum.
Und, siehste wohl, am Himmel fern,
zeigt sich schon der Davidstern.
Bei Sternschnuppen mit langem Schweif
sind wir nun echt für Wünsche reif:
Wir wünschen uns, dass er sich nicht
womöglich noch den Schweif abbricht!

Der Strich

Der Strich hat keinen Anfang und kein Ende!
Es wäre schön, ein Strich zu sein –
einfach so dazwischen!

Für alle, die es noch nicht wissen
und noch Geschenke kaufen müssen,
will ich euch rechtzeitig ermahnen:
nicht neue Krücken für die Lahmen!
Nein, zeigt euch von den besten Seiten,
mehr Freude kann man nicht bereiten.

Auch wenn die Männer immer denken,
das regeln wir doch mit Geschenken:
Hier ein Parfüm und da `ne Rose,
und alles noch in Gönnerpose.
Bei Streit nimmt er es dann zurück
und würdigt uns mit keinem Blick.

Seid doch einfach manchmal da
(wenn da nicht schon ein andrer war).
Bezieht uns ein in euer Leben.
Mehr Nähe kann man doch nicht geben
als nur der Schweiß in Oberhemden,
die man wäscht für einen Fremden!

Aufstehen, fallen

Der Mensch geht so schnell durch sein Leben.
Die Steine auf seinem Weg lassen ihn fallen –
er steht auf, kann sich erheben,
doch die Äste der Bäume greifen wie Krallen!
So ist das Leben: Aufstehen, fallen, aufstehen, fallen!

Oh Mensch

Oh Mensch, bist du dumm.
Oh Mensch, bist du feige.
Oh Mensch, bist du grausam.
Alles kannst du vernichten,
mit einem Wort, mit einer Tat,
aus Dummheit,
aus Feigheit,
aus Grausamkeit.
Und manchmal nur,
weil du nicht anders kannst.

Auf der Kante

Als ich noch ein Mädchen war,
bunt bestrumpft, mit Schleifen im Haar,
musste ich wegen der Kinderzahl
mein Bett teilen, mir blieb keine Wahl.

Damals wünschte ich mir einen Baron
mit Queensize Himmelbett.
Statt dessen kam nur ein einfacher Mann
ohne Queensize Himmelbett an.

Ich schlafe so gern alleine,
niemals weiß ich, sind es seine oder meine Beine.
Die Decke ist weg, ich liege bloß,
zum Ausgleich von links noch ein kräftiger Stoß.

Es ist Nacht im Maienweg,
er will gar nichts von mir.
Seinen Platz hat er schon eingenommen,
ich habe wie üblich die Kante bekommen.

Sein Haupthaar ist licht,
sein Beinhaar ist dicht.
Ein Affenbein ist nichts dagegen –
ich muss mich also wieder auf die Kante legen.

Lieben zu zweit ist angenehm,
schlafen tue ich lieber bequem.
Ich wünsche ein Bett für mich allein
ohne ein anonym kratzendes Männerbein.

Es ist Nacht im Maienweg,
er will gar nichts von mir.
Die Laternen, die gegenüber stehn,
kann man am besten von der Kante sehn.

Nach der überstandenen Grippe
folgt erst mal 'ne starke Kippe,
danach Brot mit fetter Stippe,
und man küsst sich auf die Lippe.

Stand man an des Todes Klippe
wegen einer Virusgrippe,
kloppte ums Erbe sich die Sippe,
und die Bank hing an der Strippe.
Von wegen:
Ich spring dem Tod schnell von der Schippe,
und dabei brech' ich mir ne Rippe.

Obwohl Dezember, häng ich nackt an einer Klippe,
sogar auf einem dünnen Ast, und wippe,
warte abgehärtet auf die Welle einer neuen Grippe,
doch wehe dem, der auf mein Erbe tippe:
ich spring dem Tod auch zwei Mal von der Schippe.

gs. 81

Die Hormonspritze

Wenn die Gesundheit uns versagt,
und alle an die Psyche denken,
wird man zuerst einmal gefragt:
»Wie halten Sie 's mit den Getränken?«

Schon bald darauf geht 's wie geschmiert:
Man lässt den »Kranken« reden ...
Die Seele zeigt sich ungeniert
dem Doktor, diesem Bleden!

Ich krempel mich wie 'n Strumpf voll Sand
von innen ganz nach außen –
Der Doktor kriegt was in die Hand...,
und ich steh' vor mir draußen!

»Die Nerven sind 's, gnä' Frau, die Nerven,
Sie müssen etwas für sich tun!
Wie wäre es denn mal mit »surfen«?
Und wenn Sie das nicht könn'n, viel ruh'n!«

»Seh'n Sie, wir kommen auf den Grund
für heute gibt 's erst mal ‚ne Spritze!
Dann sind Sie bald wieder gesund
und lachen über alte Witze!«

Oh, Schreck, was macht man mit uns Wichten?
Mein Busen wird ganz langsam strammer ...
Statt meine Seele aufzurichten,
gab man mir einen Schönheitshammer.

Man sagte mir, es braucht viel Zeit –
Die Seele hängt zwar noch im Knie,
doch bin ich erst einmal so weit,
werd' ich vielleicht »Miss Germany!«

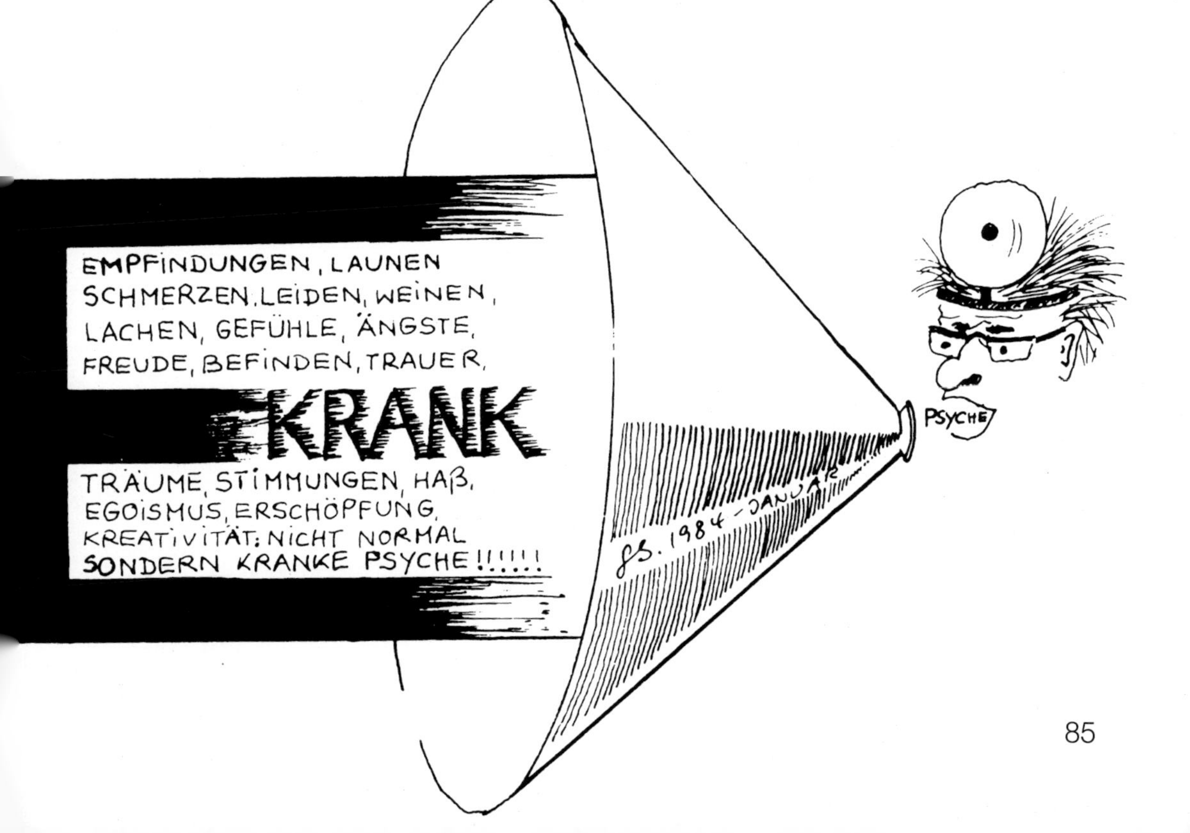

Gedankensplitter

Ich wollte über meinen Schatten springen.
Das gelang mir nicht,
also blieb ich auf der Schattenseite des Lebens stehen.

»Du übertreibst wie immer maßlos«, sagte er
und stellte sich dabei auf die Zehenspitzen.

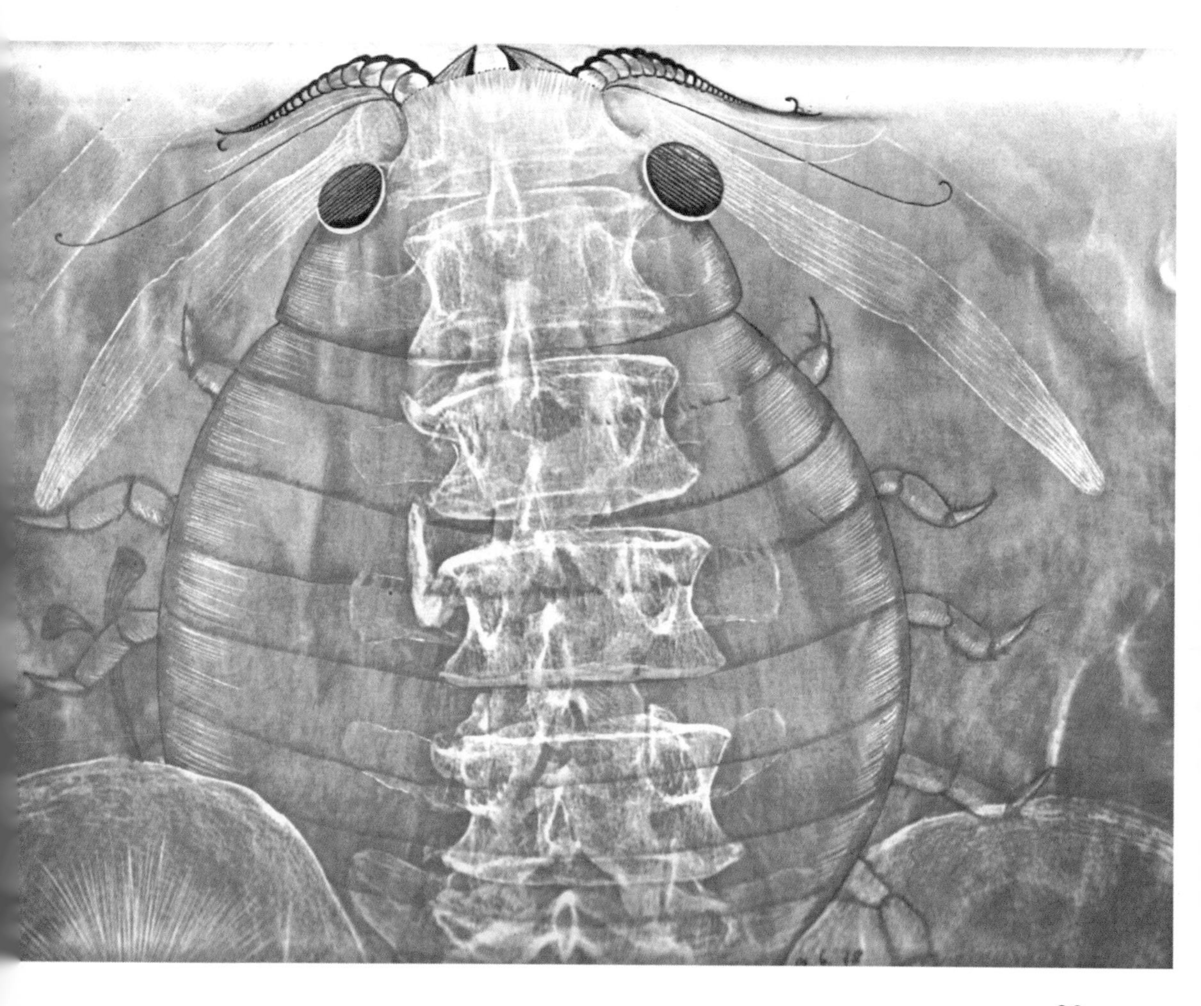

Die meisten Menschen können nicht streiten.
Ich übernehme ihren Teil gern.
Dann passiert wenigstens was.

Der Alkoholiker löscht seinen Durst
und spielt dabei mit dem Feuer.

Es gibt Menschen, die alles unter den Teppich kehren.
Na, viel Spaß, wenn sie den mal verkaufen müssen.

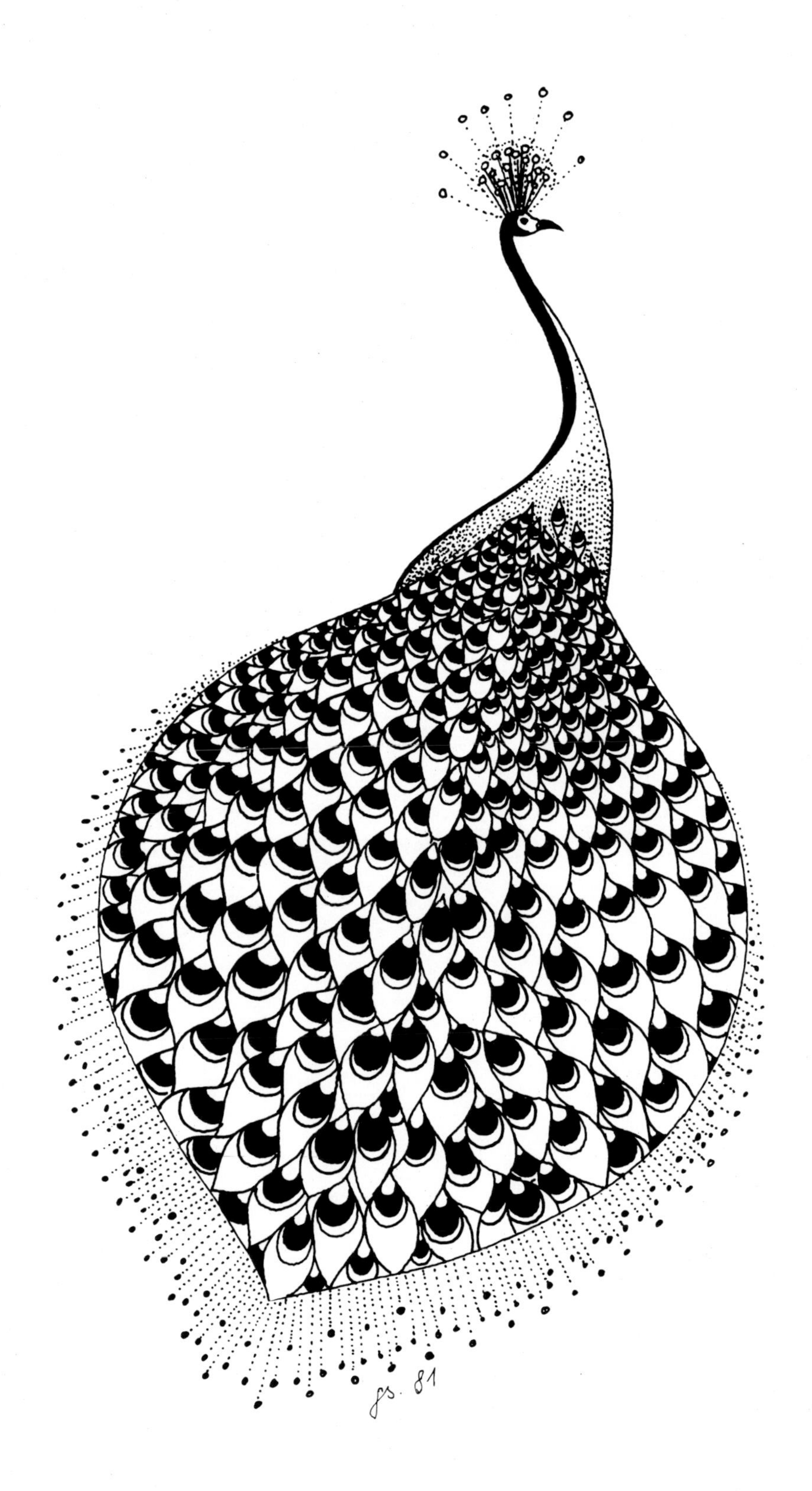

Schwarze Schafe gibt es in jeder Familie.
Seitdem ich das weiß,
kleide ich mich vorwiegend hell.

»Wir müssen viel länger Geduld haben«,
sagte mein Psychiater.
Er litt wohl unter der Wahnvorstellung,
ewig zu leben.

Meine Gedanken spielten mir einen Streich.
Ich beschloss, sie nicht mehr mitspielen zu lassen!

Ich wollte auch mein Fähnlein nach dem Wind drehen,
aber es herrschte absolute Flaute.

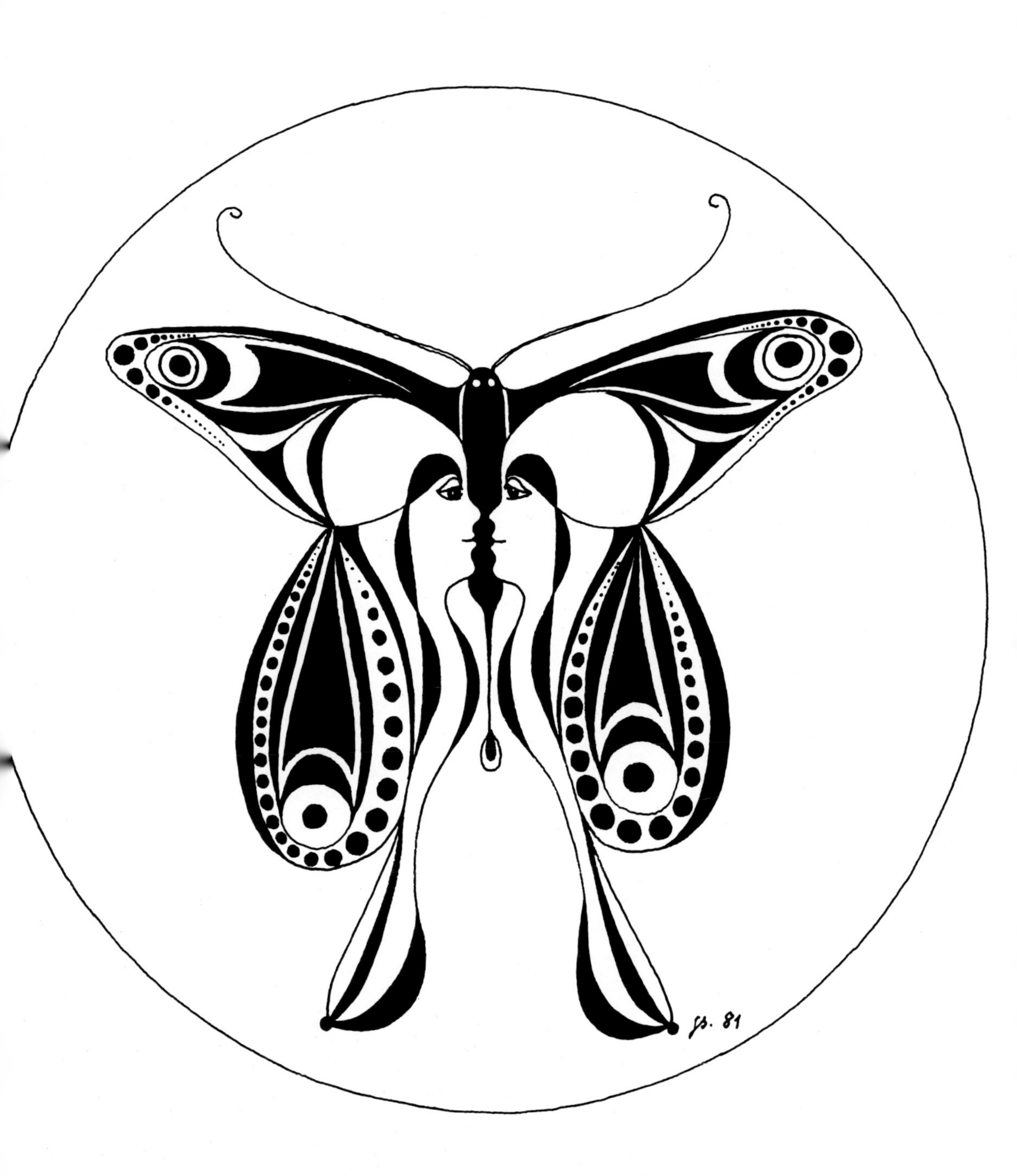

Ich muss auf meinen Ruf achten,
also bleibe ich laut.

»Du redest wie ein Wasserfall«,
sagte er vorwurfsvoll.
Ich bekam tatsächlich feuchte Hände.

Er nahm seine Brille ab
und sah mich total verschleiert.
Seitdem sind wir verheiratet!

Es herrschte eine verdammt kalte Atmosphäre.
Mir standen schon die Schweißperlen auf der Stirn.

Ich werde mich nicht noch mehr verbiegen,
es reicht schon, dass der Rücken kaputt ist.

»Du bist auch nicht gerade eine Leuchte«,
sagt er und dreht sein Licht aus.

Geschwister sind eine besondere Spezies:
Als Freunde würde man sie sich selten aussuchen.

Ich wollte die trüben Gedanken
über das Leben loswerden.
Also lachte ich mich tot!

»Du lässt mich auch nie zu Wort kommen«,
sagte mein Mann und war froh,
nicht mehr sagen zu müssen.

Der Mensch ist eine homogene Masse.
Der Homo weiß, dass die Gene verantwortlich sind
und steht allein da.

Ich wollte mit den Wölfen heulen,
aber die Rudel waren überbesetzt.

»Du bist ein Weihnachtsmann«, sagte ich.
Er zeigte sich fortan von seiner Schokoladenseite.

»Sie sind in einem Alter,
in dem sie kürzer treten müssen«,
sagte der Arzt.
Ich hielt mich daran.
Seitdem läuft die Zeit mit meinem Leben davon.

Ich war auf dem falschen Weg und wollte zurück,
aber die Zukunft stand hinter mir und ließ mich nicht durch.

Ich sollte mein Leben selbst in die Hand nehmen,
aber ich hatte alle Hände voll zu tun.

Ich wollte es ihm durch die Blume sagen,
aber er hatte wieder einmal keine mitgebracht.

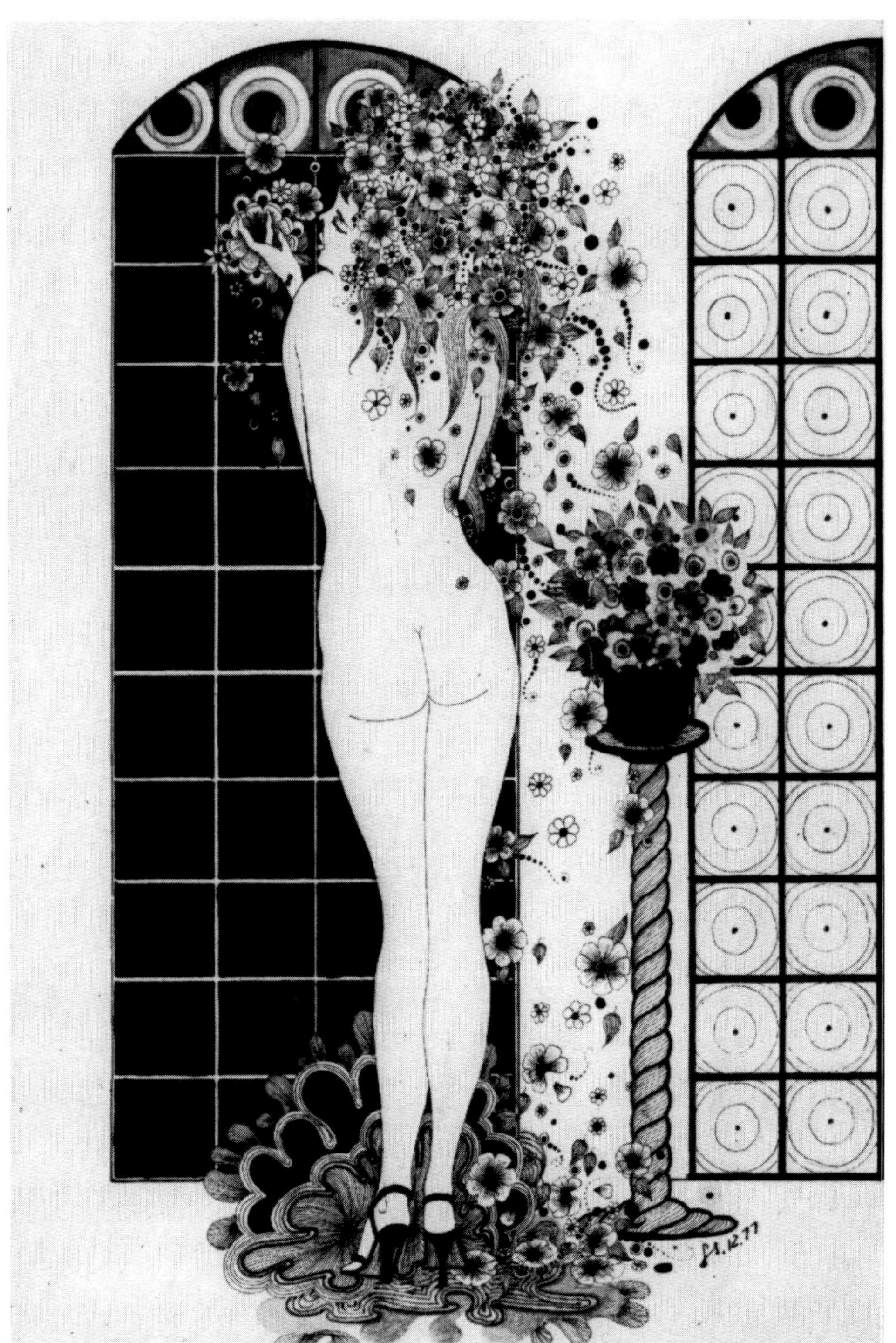

Der Baum ist kahl,
das Bier ist schal,
der Osterhase legt im Tal
zwölf Eier gleich beim ersten Mal!
April, April!

Ostern 1974

MERRY
CHRISTMAS

Von derselben Autorin:

Eine ungewöhnliche Freundschaft zwischen Fred dem Frosch und seiner kleinen Menschenfreundin Carla, humorvoll verpackt in 17 Geschichten, die sowohl Kinder ab 4 als auch Erwachsene bis 90 begeistern können.

Eine humorvolle Einführung in die Natur für Kinder ab 4 Jahren, aus der auch Erwachsene noch etwas lernen können.
Das Pflänzchen Marga hat viele Fragen. Herr Regenwurm beantwortet sie ihr.